KB211501

오늘의
나를
좋아합니다

아니사 매크홀 지음 | 임현경 옮김

오늘의 나를 좋아합니다

초판 1쇄 발행 2021년 6월 25일
초판 2쇄 발행 2024년 7월 1일

지은이 아니사 매크홀
옮긴이 임현경
발행 콤마
주소 경기도 고양시 덕양구 청초로 65, 101-2702
등록 2013년 11월 7일 제396-251002013000206호
구입 문의 02-6956-0931
이메일 comma_books_01@naver.com
인스타그램 @comma_and_style

ISBN 979-11-88253-23-4 02840

잘못 만들어진 책은 구입하신 곳에서 바꾸어 드립니다.

"부모님의 모국어가 영어가 아니니 넌 절대 글을 써서는 안 된다."

라고 말씀하셨던 대학교 영어 교수님께

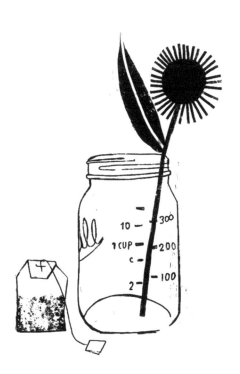

이 책을 소개합니다

자신을 잘 돌본다는 건 흔히 생각하는 것처럼 이기적인 행동이 아니랍니다. 값비싼 요가 수련이나 피부 관리, 주스 클렌즈 같은 게 아니에요. 누구나 할 수 있는 평범한 일이지요. 하지만 자신을 돌보는 아주 사소한 행동도 달리 보면 굉장히 혁명적인 행위가 될 수 있어요. 흑인 페미니스트 작가 오드리 로드Audre Lorde는 『빛의 폭발 A Burst of Light』이라는 책에서 이렇게 말했어요. "자신을 돌보는 것은 자기 욕구에 탐닉하는 것이 아니라 자신을 보호하는 것이며, 동시에 정치 투쟁이다." 그의 말은 흑인 커뮤니티가 유색 인종의 생존권을 보장하려고 자신들만의 병원을 갖추고, 학교 급식 프로그램을 시작하고, 다른 필수 서비스를 제공하도록 장려한 블랙 팬서 당Black Panther Party의 유산에 기초한 것입니다. 이 급진적인 활동가들은 인종차별의 역경에 굴하지 않고 자기애에 대한 언어와 실천법을 널리 알렸어요.

자신을 사랑해야 세상의 독성을 더 잘 걸러낼 수 있답니다. 자신의 가치를 알아야 자신을 보호해 줄 건강한 경계를 설정할 수 있어요. 죄책감과 의무 대신 사랑과 연민이 가득한 마음으로 살 수 있고요. 이는 우리 자신은 물론 주변 사람들에게도 큰 도움이 된답니다. 자기 마음을 잘 챙겨야 타인의 마음도 헤아릴 수 있어요. 그 배려의 마음은 연민과 공감, 인내로 이어져 세상의 시련에 맞설 수 있게 해 주지요. 꿈도 이룰 수 있게 해 주고요. 이 책에 나오는 마음 챙김의 간단한 방법들을 몸에 익히면 삶이 변화할 거에요. 자신을 잘 돌보고 성장시키며 내 안에서 어떤 꽃이 피어나는지 지켜보세요. 그리고 그 향기를 세상과 나누어요.

잘 가고 있어요

삶의 목표를 최대한 빨리 이루어야 한다는 강박에서 자신을 놓아 주세요. 삶은 여행이며 여행할 때는 예상치 못한 길을 가야 할 때도 있어요. 목적지를 향해 뚜벅뚜벅 걷는 것도 좋지만, 삶은 목적지가 아니라 바로 이 길 위에서 펼쳐진답니다. 당신이 지금 서 있는 곳과 마침내 도달하고 싶은 곳, 그 사이 공간을 온전히 누리세요. 모든 일은 반드시 일어나야 하기 때문에 일어난답니다.

보내 주세요

마음을 아프게 하는 것이 있다면 그냥 보내 버리세요.

마음에 기쁨이 차오를 자리를 만들어 놓아야죠.

잡초에는 물을
주지 않는 법이에요

하루 중에 생각할 수 있는 시간은 한정되어 있어요. 어떤 생각에 시간과 에너지를 사용할지 현명하게 판단해요. 정원의 잡초에는 물을 주지 않아요. 생각도 마찬가지예요. 사람들은 통제할 수 없는 외부 환경이 자기 삶을 좌우할까 봐 두려워합니다. 하지만 운명을 결정짓는 것은 사실 우리 자신이랍니다. 다시 말해, 삶은 마음먹기에 달려 있어요. 자신을 전력이 연결된 전구 소켓이라고 생각해 봐요. 그 소켓 안에 불 들어온 전구가 바로 내가 지금 하고 있는 생각이에요. 우리는 언제든 그 전구를 빼내 탁자 위에 올려 놓을 수 있어요. 그러면 그 전구는 더 이상 빛을 밝히지 못하겠죠. 지금 나쁜 생각에 몰두하고 있다면 그 전구를 빼고 더 기분이 좋아지는 생각으로 갈아 끼워 보세요.

요리를 해요

영혼을 풍성하게 해 주는 음식을 정성껏 만들어 보세요.

수프가 좋은 냄새를 풍기며 보글보글 끓고 있을 때는

세상 모든 일이 잘될 것 같잖아요.

긍정적인 생각의 별을 쪼여요

우리가 살아가는 95퍼센트의 시간 동안, 뇌는 잠재의식에 의해 작동합니다. 스스로 통제할 수 없는 생각이 행동을 지배한다는 뜻이지요. 하지만 감정으로 잠재의식을 바꿀 수 있습니다. 긍정적인 감정을 느끼고 싶다면 긍정적인 생각의 별을 쪼여 보아요. 과학자들은 생각이나 감정이 잠재의식에 영향을 미치는 데 20초밖에 걸리지 않는다고 이야기합니다. 일이 아주 잘 풀렸을 때나 정말 즐거웠을 때, 삶이 축복 같다고 느꼈던 때를 최대한 자세히 떠올려 봐요. 지금 어디에 있나요? 날씨는 어떤가요? 낮인가요, 밤인가요? 냄새는 어떤가요? 그 감정에 최대한 오래 머물러 보세요. 의식과 잠재의식이 일치하면 꿈꾸던 삶이 마법처럼 눈앞에 펼쳐지기 시작할 거예요.

춤을 춰요

음악에 맞춰 몸을 움직이면 우울한 기분을 떨쳐 낼 수 있어요.
아무도 보지 않게 커튼을 닫고 마음 가는 대로 춤을 춰 보세요.

물을 마셔요

물은 우리 몸을 정화하고 치유하고 활기와 영양을 불어넣어 줍니다. 충분한 수분 섭취의 힘을 과소평가하지 마세요. 물 마시기에 신경을 쓰면 자신의 하루를 아주 잘 들여다볼 수 있어요. 물이 가져다 주는 에너지와 건강에 잠시 감사하는 마음을 전해 보세요. 물이 우리 몸으로 들어와 피부에 수분을 공급하고 근육에 에너지를 충전하는 모습을 상상해 보세요. 이 단순하고 간단한 행동은 사실 우리 마음에 엄청나게 큰 변화를 가져다 줍니다.

잠시 멈춰요

그리고 주위를 둘러봐요.

마음이 바쁘고 산란해서 잘 보이지 않던 것들이

또렷이 보이기 시작할 거예요.

여행을 떠나요

여행이 주는 기쁨은 끝이 없어요. 여행을 한다는 생각만으로도 기분이 좋아지죠. 언젠가 배를 타고 여행하고 싶었다면 지금 당장 계획을 세워 보는 건 어때요? 여행은 계획하는 그 순간부터 시작됩니다. 아무리 먼 미래의 일이라도 여행에 대한 기대감은 즉시 효과를 발휘합니다. 지금 당장 떠날 수 없다면 사전 조사를 시작해 보세요. 생각보다 경비가 저렴하다는 걸 알게 되거나, 정말 근사한 곳을 우연히 발견하게 될지도 몰라요. 이렇게 여행을 계획하는 것만으로도 실제 여행을 하고 있는 것 같은 마음이 들 거예요.

부드러운
사람이 되어요

부드러움은 용기 있는 선택입니다. 친절로 자신을 흠뻑 적셔 보세요.

인간은 누구나 불완전한 존재니까요.

채소를 먹어요

행복해지려면 건강한 식습관이 꼭 필요합니다. 2016년 호주의 한 연구에 따르면 채소와 과일을 많이 먹을수록 더 행복해진다고 해요. 식물에서 얻는 탄수화물은 세로토닌을 만드는 신체 능력을 향상시켜 주지만 동물에서 얻는 단백질은 이를 억제하거든요.

별을 보며
소원을 빌어요

소원을 비는 순간, 당신의 꿈은 실현될 거예요.

먼저 무엇이 가능한지 상상하고, 이루어지길 빌고,

그렇게 될 거라고 믿어 보세요.

건강한 경계를 설정해요

원하는 방식으로 사람들과의 경계를 설정해 보세요. 이는 자신을 돌보는 행동이지 부끄럽거나 미안할 일이 전혀 아니에요. 그렇다고 사람들을 완전히 차단할 필요는 없어요. 그저 덜 만나고 메시지 교환을 줄이고 소셜 미디어 알림을 끄면서 차츰 경계를 설정해 나가면 됩니다. 특히 조종당한다거나 제대로 대접받지 못한다고 느끼는 관계라면 건강한 경계를 설정함으로써 힘을 되찾을 수 있어요. 어떤 목적을 달성하려면 용기를 내야 해요. 나를 멋대로 휘두르는 부정적인 관계는 내 자존감을 갉아먹지요. 그런 사람들이 함부로 넘어오지 못하도록 경계를 설정하는 것은 꼭 필요한 일입니다. 가까운 관계든 먼 관계든 상관없어요. 당신을 꽃피울 수 있도록 충분한 거리를 유지하며 나만의 공간을 마련하세요.

자원봉사를 해요

타인에게 많은 도움을 줄수록 자신에게 더 큰 도움이 됩니다.

믿어요

원하는 삶을 살고 싶다면 그럴 수 있다고 믿으세요. 자신에 대한 믿음이 삶을 좌우합니다. 무엇이든 가능하다고 생각하면 정말 가능해져요. 우리를 제한하는 것은 오직 우리 믿음뿐입니다. 코끼리를 어떻게 훈련시키는지 들어 본 적 있나요? 아기 코끼리를 단단한 밧줄로 기둥에 묶어 놓아요. 아기 코끼리는 밧줄을 당기며 달아나려고 노력하다가 결국 지쳐 포기해요. 밧줄을 끊어 버릴 만큼 강하지 못하다고 스스로 믿게 되지요. 그리고 나면 다 자란 뒤에도 달아나려는 시도조차 하지 않게 됩니다. 달아날 수 없다는 오랜 믿음 때문이지요. 그래서 아주 커다란 코끼리를 아주 가느다란 기둥에 묶어 놓을 수 있는 거랍니다. 우리는 코끼리처럼 되지 말아요. 할 수 없다는 믿음을 버려요. 우선 그렇게 믿고 있었다는 것부터 깨달아야 합니다. 내 안에서 그런 믿음을 발견하는 순간, 그 믿음은 서서히 힘을 잃게 될 거예요. 그리고 그것이 틀렸음을 증명해 줄 방법을 찾아요. 신념을 바꾸면 삶이 바뀝니다.

낮잠을 자요

달콤한 낮잠은 몸과 마음에 힘을 듬뿍 충전해 준답니다.

배워요

새로운 지식과 기술을 배우면서 목표를 향해 전진한다면

자신감이 점점 커질 거예요.

계속해요

넘어졌을 때 다시 일어서는 것이 성장이에요.

포기하지 말아요.

우리는 결국 성공할 거예요.

받아들여요

달빛은 정말 아름다워요. 호수나 숲을 환하게 밝히는 보름달을 본 적 있나요? 막다른 골목을 비출 때마저도 달빛은 황홀하게 느껴집니다. 하지만 달은 스스로 빛을 뿜어내지는 못해요. 태양의 빛을 반사하는 것뿐이랍니다. 달빛의 아름다움은 말없이 받아들이는 달의 능력 덕분이지요. 다른 사람의 칭찬이나 선물, 도움의 손길을 받아들이기 힘들다면 달을 롤 모델로 삼아보세요. 세상은 당신이 받아들여 내뿜을 빛을 기다리고 있답니다.

플러그를 뽑아요

소셜 미디어는 때로 우리 삶의 어려움을 부각시키기도 해요. 누군가 올린 귀여운 아기 사진, 화려한 휴가와 승진 소식, 완벽한 셀카를 보면 누구나 자신의 모습을 돌아보게 되지요. 자기 삶을 미디어에 비친 타인의 삶과 비교하고 있다는 걸 깨달았다면, 잠시 휴대전화를 내려놓고 생각해 봐요. 사람들은 일상의 가장 멋진 순간만을 공유합니다. 그래도 소셜 미디어를 내려놓지 못하겠거든 몇 가지 이유를 더 말해 줄게요. 소셜 미디어 집착은 중독으로 아주 쉽게 발전할 수 있어요. 그리고 어떤 일이든 생산성에 악영향을 끼치죠. (당신이 마지막으로 휴대전화를 확인한 건 언제죠?) 소셜 미디어 줄이기는 누구에게나 큰 도움이 됩니다. 잠시 소셜 미디어 앱을 삭제하는 것부터 시작해 보세요. 생각지도 못한 곳에서 새로운 행복감을 발견할 수 있어요. 악성 댓글에 상처받거나 중요하지 않은 누군가의 계정을 훔쳐 보면서 시간을 낭비하지 않게 될 거예요. 다른 사람이 무엇을 하는지 신경 쓰지 않으면 자신의 행복에 집중할 시간이 생긴답니다.

알몸으로 헤엄쳐요

은은한 달빛과 상쾌한 물로 '할 수 없다'는 부정적인 믿음을 씻어 버려요. 그런 믿음은 내가 타인보다 못하다고 자신을 기만하는 데 쓰일 뿐입니다. 밤에 수영할 기회가 있다면 (열린 창 근처에서 욕조에 몸을 담그는 것도 괜찮아요) 달빛과 물의 정기로 그런 믿음을 씻어 버리세요. 물에 몸을 담그고 달을 바라보며 생각해 봐요. 무엇이든 할 수 있다면 나는 과연 어떤 사람이 될지. 그리고 당신만의 특별한 점을 소리내 말해 보세요. 자연의 품에서 발가벗고 물 속에 몸을 담글 때 나오는 엔도르핀을 즐겨요. 거기에 자신에 대한 칭찬을 덧붙이는 건 자신을 돌보는 아주 효과적인 방법이랍니다. 자연 속에서 알몸으로 헤엄치면서 씻어 버리지 못할 것은 아무 것도 없으니까요.

식물을 키워요

식물에게 무엇이 필요한지 살피며 잘 돌봐 주면,

예쁜 꽃이나 열매로 우리에게 보답할 거예요.

불확실성을 받아들여요

불확실한 삶을 두려워하는 것은 자연스러운 일이에요. 아무것도 확신할 수 없는 변화의 소용돌이 앞에서 우리는 연약한 인간일 뿐이니까요. 사람들은 대부분 변화를 받아들이느니 괴로워도 익숙한 것에 매달리려고 해요. 변화는 확실하지 않은 미래를 뜻하니까요. 자신을 돌본다는 것은 두렵더라도 이런 변화를 받아들일 수 있도록 자신에게 힘을 불어넣는 거예요. 불확실한 미래 앞에서 내면의 목소리가 전하는 지혜로 길을 밝혀 보세요. 조금 더 안전하고 행복하다고 느껴질 거예요. 안전하고 확실한 일만 하려 한다면 많은 기회를 놓치게 됩니다. 불확실성을 받아들여야 새로운 친구, 도움이 되는 상황, 긍정적인 성장을 할 수 있는 기회가 생겨요.

자전거를 타요

차를 두고 집을 나서 보세요. 자전거를 타고 내달릴 때 느껴지는
자유로움과 기쁨은 정말 최고랍니다.

나만의 공간을 꾸며요

내가 사용하는 공간을 깔끔하게 정돈하는 것은 자신을 돌보는 아주 좋은 방법이랍니다. 자신에게 깨끗하고 정리된 삶의 공간을 선물하는 멋진 기분을 느껴 보세요. 정돈되지 않은 물건은 정리되지 않은 마음으로 이어져요. 공간을 정리하면 마음도 함께 맑아진답니다. 더 이상 필요 없는 물건을 정리하고 멋진 새 물건을 놓을 공간을 마련해 보세요. 더는 기쁨을 주지 못하는 과거의 기념품에 집착하는 건 새로운 삶에 방해가 될 수 있어요. 지난 6개월 동안 한 번도 사용하지 않은 물건이라면 아마 앞으로도 필요하지 않을 거예요. 과거의 물건은 마음에서도 실제로도 떠나 보낼 때가 온 것이랍니다.

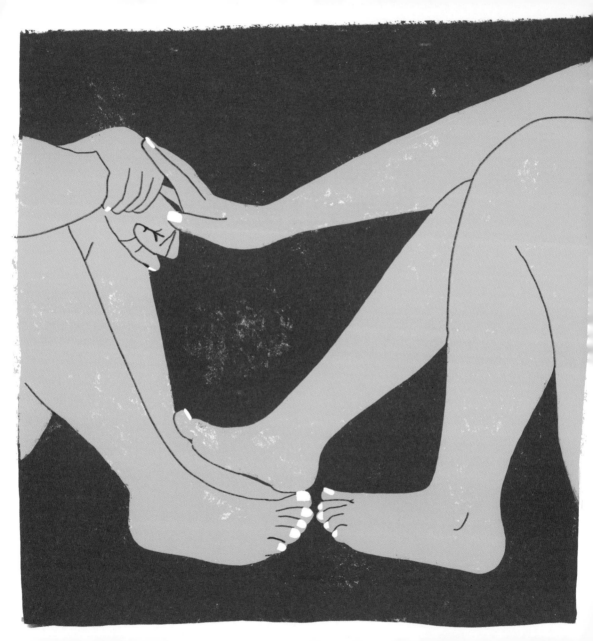

용서해요

상대가 아니라 자신을 위해 용서하세요. 원한을 품고 있으면 나만 괴롭기 때문이에요. 그런 감정은 당신의 영혼과 마음에 독이 됩니다. 분노와 억울함을 붙들고 있지 말고 그로 인해 얻은 깨달음에 감사하세요.

실수해도 괜찮아요

두려움과 실패는 무의식 속에서 삶의 모든 측면을 조종합니다. 우리는 실패할까 봐 두려워 조금 다르거나 새로운 것을 기피하며 늘 안전한 선택을 하고 있는지도 몰라요. 실수를 하면 실패자가 된다고 생각하면서요. 하지만 실수를 하지 않으면 성공도 할 수 없어요. 실수를 해야 그에 대처하는 방법이나 두려움을 떨쳐내는 법도 배울 수 있습니다. 실패를 피하지 말고 정면으로 맞서 보세요. 왜 그런 실수를 했는지 자문하고, 무엇을 배울 수 있는지 생각해 보세요. 성공으로 가는 길은 실수로 다져져 있답니다. 제대로 실패한다면 새로운 관계와 더 높아진 자존감, 다시 시도할 수 있는 자신감까지 얻게 될 거예요.

*핑크펄은 미국 학교에서 대중적으로 사용되는 지우개 브랜드이다.

산책을 해요

처음 가 보는 길을 발길 닿는 대로 걷는 즐거움을 느껴 보세요.

새로운 생각이 샘처럼 솟아나올 거예요.

자기 감정에
책임을 져요

가끔 '너 때문에'라는 말로 내 기분을 쉽게 남 탓으로 돌리곤 합니다. 하지만 자신의 감정은 오롯이 자기 책임입니다. 타인을 변화시켜서 내 삶을 완벽하게 만들 수는 없어요. 자신을 잘 관리하면서 자기 삶을 책임지는 태도가 필요해요. 모든 감정을 자기 책임으로 받아들이면 자신을 컨트롤할 힘을 갖게 됩니다. 어떤 상황을 맞닥뜨렸을 때 당신이 어떻게 생각하고 무엇을 믿고 어떤 기대를 갖는지 살펴보세요. 상대가 자신이 바라는 대로 행동하지 않는다 해도 그걸 어떻게 받아들일지 결정하는 건 바로 나 자신이에요. 타인에게 책임을 돌리는 건 게임에서 지는 거예요. 감정의 파도에 휩쓸리는 가장 확실한 방법이지요.

용기를 내요

용기는 실컷 울고, 익숙한 것과 결별하고, '이만하면 됐다'고 말할 때를
아는 거예요. 그리고 마침내 내가 원하는 삶을 살기로 선택하는 것이지요.

관계를 맺어요

자신과 좋은 관계를 맺는 것이 가장 먼저랍니다. 당신은 누구인가요? 어떤 감정을 느끼나요? 자신과 좋은 관계를 맺으려면 우선 사랑으로 자신을 채우세요. 당신의 행복은 오직 당신에게 달려 있어요. 자신과 관계가 좋지 못하면 타인의 사랑과 인정에 의존하게 됩니다. 그러면 가족과 친구들을 지치게 만들 수 있어요. 당신에게 필요한 사랑은 이미 당신 안에 있습니다. 그 사랑을 자신에게 마음껏 나눠 주세요. 그것이 자기 내면을 돌보는 첫걸음이랍니다. 자신의 진정한 가치와 욕구를 알게 되면 자신은 물론 타인도 진심으로 사랑할 수 있게 됩니다.

충분해요

당신의 가치는 외모나 팔로워 수로 결정되는 것이 아닙니다.

그저 지금 있는 그대로 충분하답니다.

삶의 목표를 정해요

열정과 바람을 담아 삶의 목표를 설정해 보세요. 삶의 목표는 당신이 어떤 사람이 되고 싶은지, 특정한 상황에서 어떻게 느끼고 행동하는지, 자신을 개념화하는 데 도움이 될 거예요. 목표를 정한다는 것은 무엇에 집중할지 선택한다는 뜻이에요. 더 친절한 사람이 되고 싶을 수 있어요. 더 많이 웃거나 더 인내하겠다고 다짐할 수도 있지요. 목표를 확실히 하는 것은 음악 앱에서 비슷한 노래를 더 많이 들을 수 있도록 좋아하는 장르의 노래에 표시를 하는 것과 같아요. 목표 설정은 잠재의식에도 영향을 끼쳐요. 감미로운 음악을 즐기고 있는데 갑자기 데스 메탈이 튀어나와 분위기를 망치지 않게 말이에요. 목표는 삶을 자동 조종 장치에 맡기는 대신 내가 직접 조종하도록 도와줘요. 전혀 어려운 일이 아닙니다. 자기 삶의 목표가 무엇인지 큰 소리로 말하며 느껴 보는 것만으로도 충분해요. 촛불을 켜고 목표를 선언하는 자기만의 의식을 치러 보는 것도 좋아요.

현재를 살아요

과거에 살고 있다면 우울할 거예요. 미래에 살고 있다면 불안하겠죠.
기쁨이 살고 있는 곳은 바로 지금 이 순간이랍니다.

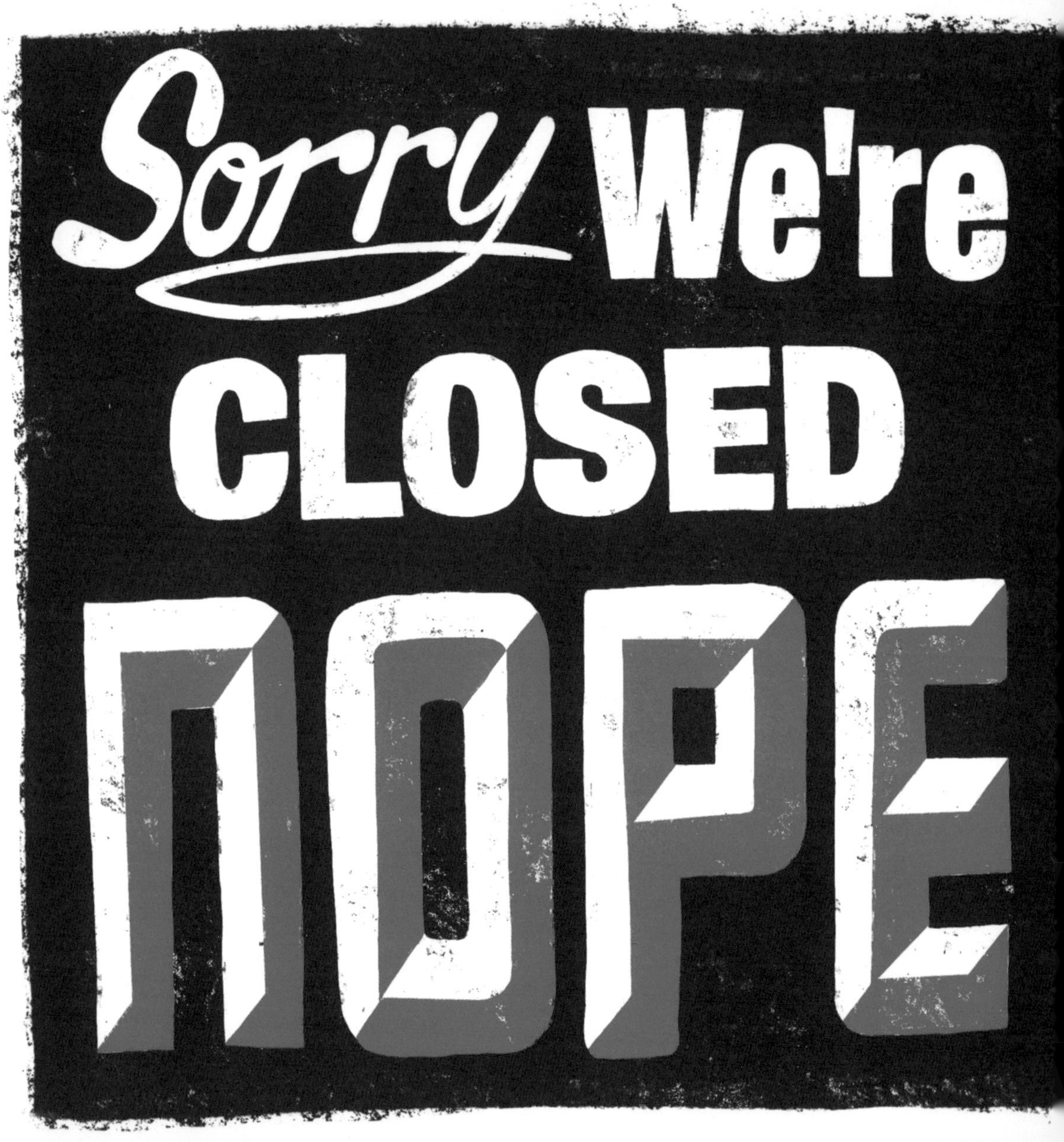
Sorry We're
CLOSED
NOPE

싫다고 말해요

다른 사람을 도와주는 것과 기분을 맞춰 주는 것에는 큰 차이가 있어요. 진심을 감추면 관계가 위험해질 수도 있습니다. '싫다'고 말해야 할 때 '좋다'고 말하는 것은 감정을 낭비하는 일이에요. 어쩌면 후회를 쌓아 가는 것일지도 모르죠. 우리는 싫다고 말하면 사랑이나 인정을 받지 못할 거라고, 미래의 기회를 놓칠 수도 있다고 생각하며 두려워해요. 하지만 그걸 해낼 시간이 없거나 보상이 충분하지 않을 때 싫다고 말하는 것은 사실 자유와 해방의 한 형태예요. 스스로 계획을 세우지 않으면 다른 사람의 계획에 휩쓸리기 쉬워요. 자신이 정말로 원하는 바를 말해 보세요. 사람들이 썩 반기지 않는 대답일지라도 진심을 담아 전하면 꽤 잘 받아들여진다는 걸 알게 될 거예요.

가끔은 유치해져도
괜찮아요

아이처럼 놀다 보면 상상력과 즐거움, 창의성, 용기가 폭발할 거예요.

자신과 긍정의 대화를 나눠요

생각하는 방식을 바꾸면 삶을 바꿀 수 있어요. 하루 종일 머릿속을 스쳐 가는 생각들을 살펴보세요. 대부분 긍정적인가요, 아니면 부정적인가요? 부정적인 생각들만 떼어내 정말 그런지 다시 한번 살펴봐요. 아주 친한 친구가 당신 입장이라면 어떤 조언을 해 줄 것 같나요? 긍정의 확언은 '자기 대화'를 바꿀 수 있는 효과적인 방법입니다. 처음에는 유치하고 믿어지지 않겠지만, 시간이 흐르면 그 말이 진실로 다가오기 시작할 거예요. 자신과 긍정의 수다를 많이 떨수록 삶을 바라보는 관점도 나아지고 당신은 물론 주변 사람에게도 더 큰 행복을 선사할 수 있을 거예요.

일몰을 지켜봐요

매일 밤 해가 질 때 잠시 시간을 내 보세요. 내면의 강인함을 스스로 축복하고 지금까지 얼마나 멀리 왔는지 감탄하는 시간을 가져 봐요.

나누어요

가장 좋은 선물은 진심을 담아서
어떤 보답도 바라지 않고 주는
선물이랍니다.

준비해요

혹시 스카우트의 '준비'라는 구호를 아시나요. 무슨 일이든 공들여 준비하면 성공에 한 걸음 더 다가갈 수 있어요. 매일 받는 스트레스는 건강에 치명적이죠. 스트레스를 물리치는 방법 중 하나는 일주일에 한 번 시간을 내서 다가올 일들을 준비하는 거랍니다. 식사 준비나 세탁을 해 놓거나, 자질구레한 일들을 미리 챙길 수도 있어요. "이번 주에 가장 중요한 일은 뭐지?" 그리고 "시간이 남으면 무슨 일을 할까?"라고 자신에게 물어보세요. 저는 일요일마다 다음 한 주를 더 원활하게 만들어 줄 준비 시간을 가져요. 조리 시간을 줄이려고 채소를 다듬어 놓기도 하고 점심 도시락을 싸 놓기도 해요. 바로 운동하러 갈 수 있도록 미리 가방을 챙기기도 하고요. 중요하고 어려운 일에 필요한 할일 목록을 작성해 놓으면 불안한 마음이 가신답니다. 가장 좋아하는 건 작업 공간을 깨끗이 정돈하는 거예요. 깔끔한 사무실이나 스튜디오는 나에게 멋진 선물이 됩니다. 성공하려면 일주일에 30분만 시간을 내 준비하세요. 생산성은 높아지고 불안감은 줄어듭니다. 무엇보다 가장 큰 효과는 바로 자신을 잘 챙기고 있다는 느낌이에요. 그렇게 '나'를 되찾아 보세요.

캠핑을 가요

자연은 영혼을 돌보는 위대한 치유의 힘을 가지고 있어요.

자기만의 루틴을 만들어요

삶을 변화시키고 싶다면 우선 하루를 바꾸는 것으로 시작해 보세요. 성공한 사람들은 자기만의 일상 루틴이 적어도 하나는 있다고 합니다. 저는 3년째 일어나자마자 30분 동안 아침 루틴을 행하고 있어요. 하루를 제대로 시작하는 데 큰 도움이 됩니다. 저는 커피를 내리는 것으로 아침을 시작해요. 커피를 마시며 동기를 부여해 주는 책을 10분 정도 읽어요. 다음에는 15분 동안 명상을 하고 감사 일기를 쓰며 그날의 목표를 점검합니다. 매일 아침 그렇게 보내는 30분 덕분에 언제나 평화롭게 하루를 시작할 수 있답니다.

칭찬을 해요

아름다운 것을 보면 아름답다고 말해요.

빛나는 사람들이 뿜어내는 모든 빛은 당신 안의 빛이 반사된 것이랍니다.

그림을 그려요

그림을 그리거나 색을 칠할 때 스트레스 호르몬이 확연히 줄어든다는 것은 과학적으로 증명된 사실입니다. 그림을 그릴 때 우리 마음은 무엇을 어떤 색으로 채울지 결정하느라 바빠지죠. 그래서 그 순간 온전히 자기 자신으로 존재할 수 있게 됩니다. 힘든 시간을 보내고 있다면 그건 당신이 겪고 있는 어떤 문제에 엄청난 에너지를 쏟아 붓기 때문이에요. 그럴 때 그림을 그리면 그 문제에서 잠시 멀어질 수 있어요. 얼마나 잘 그리는지는 상관없어요. 그저 종이 위에 흔적을 남기는 과정이라고 생각하세요. 물감이나 색연필을 들고 편하게 앉아 선부터 그어 보세요. 어쩌면 가장 좋아하는 색으로 네모만 계속 그리게 될지도 몰라요. 하지만 어때요? 그것도 멋진 그림이랍니다. 불안감을 떨쳐내고 현재에 머물기 위해 필요한 건 그뿐이에요. 아무런 판단 없이 손 가는 대로 끄적이는 시간을 가져 보세요. 어렸을 때 그랬던 것처럼 말이에요.

욕조에 몸을 담가요

거품 속에서 가만히 마음의 소리를 들어 보세요.

삶의 비결은 그저 기쁨을 따라가는 것이랍니다.

명상을 해요

명상에 실패하는 이유는 대부분 명상의 목표를 오해하기 때문이에요. 명상은 그 즉시 마음 속 모든 생각을 없애는 것이 아니랍니다. 모든 생각을 차단하는 것은 불가능해요. 생각을 안 하려고 할수록 계속 그 생각이 날 거예요. 강아지를 훈련하듯 명상에 접근해 보세요. 인내심을 가지고 친절하게. 그리고 마음을 다해 호흡을 관찰해요. 온갖 생각이 떠오르겠지만 생각을 따라가지는 마세요. 생각이 떠오르고 있음을 인지하고 다시 호흡으로 되돌아가는 과정이 곧 명상이랍니다. 생각하는 사람이 아니라 관찰하는 사람이 되는 거지요. 생각하고 있다는 걸 발견할 때마다 다시 돌아와 호흡을 관찰해요. 명상으로 어떤 이득을 얻을 수 있는지는 명확하지 않지만, 이점이 있다는 것만은 확실해요. 저는 이제 명상할 때뿐만 아니라 하루 종일 뚜렷한 직관의 상태가 지속되기도 합니다. 매일 명상하는 습관을 들여 보세요. 당신의 내면에서 평화와 행복이 차올라 세상으로 흘러 넘치게 될 거예요.

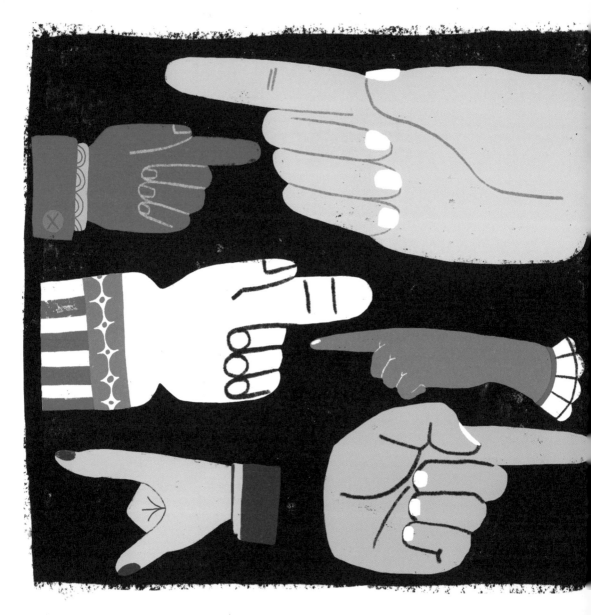

비교하지 말아요

다른 사람이 나보다 더 잘하고 있는지 어떤지 불안해 마세요.

그런 마음은 자신의 성취를 충분히 즐길 수 없게 만들어요.

구름을 바라봐요

하늘을 가로지르며 시시각각 몰려오는 변화를 받아들이세요.
지금 이 순간 당신이 서 있는 자리에 감사하는 마음을 가져요.

감사해요

감사는 행복으로 가는 지름길입니다. 삶에서 부족한 점 대신 넘치는 것을 찾아 감사하는 마음을 가져 보세요. 감사하는 태도는 우리를 질투와 욕망, 부끄러움과 원망 같은 부정적인 감정으로부터 보호해 줍니다. 우리 삶에서 일어나는 모든 일에 감사해 보세요. 그 에너지가 당신에게 넘치도록 되돌아 올 거예요.

글·그림 아니사 매크홀 ANISA MAKHOUL
레바논 양봉가들의 자랑스러운 딸로, 오리건주 포틀랜드에서 활동하는 아티스트이다. 미니애폴리스 예술디자인 대학에서 판화를 전공했으며 자신의 의류 레이블인 'Makool'을 출시했다. 〈Lucky〉, 〈Nylon〉, 〈Flow〉 같은 잡지들과 일러스트레이션 작업을 함께하고 있다.

옮김 임현경
인도네시아 발리 우붓을 거쳐 말레이시아 조호르바루에서 번역하며 사는 디지털 노마드. 지은 책으로 《결혼에도 휴가가 필요해서》가 있으며, 옮긴 책으로 《시티 오브 걸스》, 《타인에 대한 연민》, 《위대한 시크릿》 등이 있다.